句集
森は今

西池みどり

Nishiike Midori

角川書店

句集　森は今＊目次

装丁　神田昇和

句集

森は今

一章　青栗

2019年7月～12月

時鳥明日のパンを買いに出る
忍冬の蜜吸い虫になる気分

少し背を伸ばしたような青き嶺

噴水のハッと止まれば青い空

二階から見るこそ良けれ泰山木

干からびし蚯蚓に太陽なおも照る

掘り上げし男爵顔の新じゃが芋

吊橋の一歩の揺れて夏鶯

青柿の小ささ一生懸命に
浜木綿の花弁解ける匂いかな

断層のずれ広がりぬ梅雨の町

千切っては投げたるような梅雨の靄

石庭の橋乾ききる大暑かな

死してなお光放ちぬ黄金虫

鮎食べる危きほどの身の白さ

蟬包む指の隙より声激し

拾いては元に戻しぬ落し文

四阿に蠅とり紙と置き団扇

青栗を一つ拾いぬ山の口

台風裡アイロン掛けの隅ピンと

三叉路に猫の会合上り月

鏡の奥に鏡のありて秋涼し

新涼や結局どれも捨てるもの

墓参りブリキバケツと金柄杓

紅い茸道を下れば白茸

正善寺にて兄の法要

鶏頭の寺に四十九日かな

生きてたか秋の目高の浮いてきて
団栗落ちるテントの人はまだ知らず

対岸へ声の届きし水の秋

銀杏の一つ踏まれし番外寺

朝の鵙森の階段崩れかけ
鷹迅し上昇気流捉まえて

きのこ蕎麦形良き山正面に
アサギマダラ止まるまで待つ藤袴

ハロウィンの笑っていない大南瓜

蟷螂の翅の辺より枯れ始む

テーブルの一等席に秋の蠅

二十日月明るき星を一つ連れ

翅合わせ木の葉となりぬ木の葉蝶

二章　椿川

２０２０年

冷まじや餓鬼の声する弥陀ヶ原
星の数増えていくほど冷えてくる

雷鳥は何処か雪の這松に

白海老のかき揚げ蕎麦や山の駅

小春日の上りの道と下る道
漂うているだけのこと雪婆

ピノキオの上向きの鼻十二月

瞬かぬ猫の瞳や漱石忌

数え日の黒板にある消え残し

口開けていよいよ太る冬の鯉

行けど行けど中国山地枯深む

冬日濃し和尚の墓へ続く階

紅白の丸餅旅の雑煮椀

蕗の薹石に躓く水の音

葦原を出入り忙しき春の鴨

如月の風収まりて梟鳴く

猪のどこかにいると春の闇

外からは開かぬ門扉や沈丁花

梅ひらく女一人の鍬の音

いちご大福朱の色わずか透けており

椿川白魚漁　四句

旧暦を用いる漁師白魚漁

椿川椿の下に車停め

白魚の黒い目回るバケツ中

石投げる間合計りて白魚捕り

雀の子三羽日まみれ砂まみれ

八朔をひとついただく札所寺

桜苗植えて媼と翁かな

角の家かどやと申す遍路宿

柵に寄る山羊も羊もあたたかし
その奥に三椏の花咲き始む

池の底あらわに蝌蚪の紐長し

頬白の歌う向こうの山の色

たんぽぽは地の王冠となりぬべし

引きこもりも悪くはないと草の餅

大虻を許せり白の花水木

桜鯛釣られてもこの面構え

抱卵の一つ落とされている夕べ

すみれ濃きところ一等三角点

我が庭は紫蘭鈴蘭らんららん
筒鳥の鳴けど降り口見つからず

まだ羽の柔らかそうに蜻蛉生る

遠山は降り出している時鳥

藻の影の目高の子なら動き出す

行先を忘れてしまい蝸牛

死んだ真似して天牛の髭動く

黒揚羽由緒正しき紋つけて

曇り日の部分日食夏至夕べ

捩花の螺旋を登る小人かな

短夜の電話は時差を確かめて

人数分夏座布団の置きどころ

泉州の水茄子漬があればこそ
離れてから見えるものなり百日紅

蚊柱や長きホースの絡まりぬ

盆僧の経に一拍ずつ遅れ

雨は降るゴーヤは太る人は哭く
錆鮎の串ごと焦げて焼かれたり

とんぼうの眠りにつきし葉先かな

垂れるだけ垂れて稲穂の黄金色

稲刈りで遅れましたと汗の顔

鶺鴒の土を叩いて飛び去りぬ

花芙蓉の木陰は人を待つところ

脚立から掌へとぶどうの重さかな

虫の夜の螺旋階段降りてゆく

彦星を指さしている大平原

図書館に本返す音秋黴雨

どんぐりの帽子ある子と無い子いて

栗茹でて食べて休日もう終わり
藪ごとに松虫が鳴くぎすが鳴く

この木何の木落ちているのは櫟の実

四阿にどんぐり並べ帰りけり

鵙叫ぶ水平線のやや斜め

月餅の胡桃を噛んでいる無月

三章　黒牡丹

2021年

猪の掘り跡乾き通草垂る

潮鳴りを聞いて爆ける海桐の実

巻寿司の巻きしっかりと秋収め
コスモス畑奥のほうより揺れてくる

林檎剝く皿に着くまで螺旋形

猪の出てくる刻か月無き夜

散紅葉小鳥となりて飛んでゆく

赤き塩湯船に溶かす夜時雨

抱かれたる犬の齢や冬の菊

白猫の耳の桃色寒き朝

昼からは煮染の匂い年用意
新暦七赤金星運如何に

初みくじ何度も読んで仕舞いけり

木の上で躓いている寒鴉

綿雲のいくつも流れ梅の谷

姿良く数字の並び納税期

裏口に小橋の架かり桜の芽

日だまりと日陰の境春の蟻

駅弁の隅の蕗味噌北の旅

山すみれ鎖で閉じる登り口

あたたかや鳴門の竹輪ふっくらと

いつしかに洞深まりし花八分

とりあえず本屋に入る春疾風

朧夜に何の草木の匂いかな

散る時は花びら自由白木蓮

長々と蜜吸う蜂の大き尻

春祭昼を太鼓の鳴り続け

夜桜の奥の冥さの怖ろしき

一摑みの蕨ベンチに残されて

ここからが急な登りよ花辛夷

春疾風神馬は空に嘶けり
おむすび一口うぐいす一頬り

神饌に大きな春のキャベツかな

三峰と二つの入江霞中

行く春の歩いて渡る第十堰

回廊を裏に回れば黒牡丹

筍の頭コツンと登山杖

若葉山分岐点には赤リボン

昼の日や金と黒との毛虫這う
青葉木菟窓開けたまま夢を見て

豆飯はお代わり自由という決まり

国分寺礎石を惑う蟻一匹

風鈴の互い違いに鳴っており

大毛虫伸びて縮んで大忙し

たかんなの頃はたかんなばかり食べ

胡瓜一本供える石の河童像

睡蓮の対称形という白さ

渓流の名の美しき山女釣り

杖先でちょいと崩せり梅雨茸

海底のような静けさ梅雨の町

海水を煮る火赤々梅雨漁港

梅雨曇り浜砂の塔崩れたり

山鳩の片羽広げ梅雨明ける

玉虫の死して光を遠く投げ

花火果て月残されていたりけり

夏霧の奥を紀州だ淡路だと

放牧の牛の四頭夕焼けて

最後には空を見たのか蟬の死す

かなかなを置き去りにして山下る

塩辛トンボしょっぱい色で飛んでくる

秋暑し阿波の晩茶の大袋

笑栗の口いっぱいの大笑い

夕暮の錆鮎二尾を焼く煙
露という丸きものへの映り方

誰か来て門扉の開いている月夜

雨月かなせめて風呂など熱くして

鶏頭が大き過ぎたり地蔵尊

猿の子の振り返りたり藷畑

峡の空出て行くつもり鰯雲

澄む秋の水平線の弧の一部

三方に茄子と人参秋祭

秋祭階駆け上がりくる宮司

柚子の村どこ歩いても柚子光る

柿紅葉頭に載せた狐の子

猪を通すな背高泡立草

上り坂尽き啄木鳥のドラミング

一振りの塩の尊さ衣被

一本の杭に一羽の日向ぼこ

鳶二羽が三羽に増えて冬夕焼

四章　はこべら

２０２２年

白雲の流れに十月桜かな

鹿の声低い山から暮れてゆく

楝の実光る海風吹くところ
見栄え良きほうへ向き変えラ・フランス

木枯一号ますます鞄古びたり

冬の滝もののべ村を水源に

紅葉狩赤い吊橋折り返し

赤い実と黒い実沈む手水鉢

瘤と洞持ちし冬木の顔に似し

ビタミンと薬を並べ冬に入る

時雨れては沖の汽笛の突然に
おでん匂い二階の人が降りてくる

たっぷりと冬日を浴びたさあ帰ろ

追い抜かれ追いつくまでを枯葉道

枯野原カラス戦争勃発し

あてどなく青き火を引く雪婆

小春日のバスの座席の最後部

冬の雷浴槽の柚子一回転

初詣金毘羅からの青き海

お飾りや平家屋敷の佇まい

旅なれば祖谷の雑煮の堅豆腐

獅子岩の獅子の口にも初日射す

横断歩道福笹掲げ渡りけり

いたち走るライトの中を一直線

大沼にマガモもバンも一緒くた

日差へと少し向き変え枯蟷螂

梟鳴く眠りに落ちる前か後
山々の一番奥の山の雪

温もりは落葉の中にある寝床

寒中の日の輪郭の弛びたり

春隣切符売場で待合せ

竹藪の大きく騒ぐ二月かな

はこべらや助走して飛ぶ用水路

梅見橋ようやく一つ咲いている

楠の芽や小さな狸大明神

街川の芥に混じる石蓴かな

鶯も森水軍も海を見る

舟下りて両手で包む汁粉椀

沢庵嚙む加湿器ランプ点滅し

雪残る橋の向こうや梅一輪

立春大吉海の朝日を頬に受け

犬ふぐり一つ見つけた風の土手

梅林の奥の三角石に座し

二ン月の雨に濡れたるヒトとイヌ

浅春の剣を鞘に収めたり

川の面の午後は明るし初桜

強東風や紙を押さえて名を記す

あたたかや四人で囲む販売車

灯籠の穴から見える木の芽山

三月の森の香りの中にいる

初蝶に銃も境もなかりけり

子雀の殊に小柄な子が翔べり

端っこに桜餅在る事務机

恐竜の歯の化石出る木の芽山

NOWARと木の芽も拳突き上げる

お遍路の右に曲れば国分寺

椿泊　九句

永き日の金刀比羅神社こんぴら丸

茎立ちや漁村の猫はよく眠る

しばらくは囀の主見ており
深井戸に樹々の芽立ちと青い空

春昼の狛犬の尾の天に跳ね

海女の家の裏に白い物干され

赤い椿一つ流れる椿川

柴犬の営業部長春暖炉

四つ手網白魚上る刻を待つ

藻の中の目高も数え日永かな

春日差し鳥の嘴にとどまれり

日に一度日の差すところ蝮草

藤棚の崩れて藤のなお盛ん

藤垂るる昔は鬼の棲みし村

草笛の鳴って土手から降りてくる

世を睨む不動明王滝涼し

新参の目高も入り水にぎやか

揚羽来て黄花亜麻にもちょいと寄り

寺町に水音絶えず聖五月

雨含む風の中から時鳥

青空に振りかざしたる鮎の竿

藍染の上手く仕上がり風青し

工房の糸繰る音や梅雨に入る

森は今青水無月の風と会い

昨日より大き青柿落ちている

竹籠に夏大根のはみ出して

祇園会に少し遅れて射干咲く

駐車場にひまわり咲かす新居かな

西日照る部屋に野球のユニフォーム

鳩居堂蚊除けの匂い袋とな

剣山登山　四句

大滝の後に小滝や九十九折

法螺貝と六根清浄夏の山

百円分水を詰め足す登山小屋

カレー屋にどたどた入る登山靴

うぉんうぉんと蚊のどこまでも付いてくる
オニヤンマ緑の目玉飛び出して

句集　森は今　畢

あとがき

本句集は２０１９年に『星の松明』を出版してからの句をまとめたものです。その間にｃｏｖｉｄ－19が世界中に蔓延し、句会や吟行が今までのようにできなくなり、代わりにネットでの句会に親しみ、ずいぶん俳句の生活も変わってきました。地球温暖化が思ったより早く進み、周りの環境や自然が大きく変わりつつあります。俳句を作るものにとって影響がないわけはありません。世界には戦争が起こり、その地の森はどうなっているのか気が気ではありません。「森は今」というタイトルは、昆虫は今、でもあるし、人類は今、でもあります。過去をどう伝えるか、未来がどうなるのか、「今」の生き方が大きく関わってきます。

一昨年は私たちの「ひまわり」が創刊九百号を迎え、昨年、記念大会を開催できたことはうれしく、ひまわり会員と共に歓びました。

これまで無事に仲間と俳句を楽しめたことがありがたく、これからも季節や自然と仲良くしていきたいと思います。

句集出版にあたり、角川文化振興財団の方々にお世話になり、ありがとうございました。

二〇二二年十二月

西池みどり

著者略歴

西池みどり（にしいけ・みどり）

1948年9月4日　徳島市生まれ

1970年　臼田亜浪・角川源義に師事した父、高井北杜
主宰「ひまわり」に入会

2022年より「ひまわり」主宰

公益社団法人俳人協会会員、現代俳句協会会員

句集に『だまし絵』『森の奥より』『風を聞く』『葉脈』『貝の化石』『星の松明』『自註現代俳句シリーズ・13期　5　西池みどり集』、著書に俳句エッセイ『一文字草』がある

住所　〒770-8070　徳島市八万町福万山8-26

Eメール　alamo2midori@i.softbank.jp

句集　森は今　もりはいま

初版発行　2023年3月15日

著　者　西池みどり
発行者　石川一郎
発　行　公益財団法人 角川文化振興財団
〒359-0023 埼玉県所沢市東所沢和田3-31-3
ところざわサクラタウン 角川武蔵野ミュージアム
電話 050-1742-0634
https://www.kadokawa-zaidan.or.jp/
発　売　株式会社 KADOKAWA
〒102-8177 東京都千代田区富士見2-13-3
電話 0570-002-301（ナビダイヤル）
https://www.kadokawa.co.jp/
印刷製本　中央精版印刷株式会社

落丁・乱丁本はご面倒でも下記KADOKAWA購入窓口にご連絡下さい。
送料は小社負担でお取り替えいたします。古書店で購入したものについては、お取り替えできません。
電話 0570-002-008（土日祝日を除く10時～13時 / 14時～17時）
 ISBN978-4-04-884523-6　C0092